U0539946

國家圖書館出版品預行編目 (CIP) 資料

旅遊泰文趴趴走 II = Traveling in Thailand with the Thai languageII = เที่ยวประเทศไทยด้วยภาษาไทย II / 時時泰泰語資源中心編輯.

新北市：時時泰工作室, 2024.06

64 面；17x23 公分

ISBN 978-626-95698-5-4（平裝）

1. CST: 泰語　2.CST: 旅遊　3.CST: 會話

803.7588　　　　　　　112004460

旅遊泰文趴趴走 II

Traveling in Thailand with the Thai language II　เที่ยวประเทศไทยด้วยภาษาไทย II

編輯顧問	沈莒達、黃兆仁
出　　版	時時泰工作室
	234 新北市永和區秀朗路一段 90 巷 8 號
	(02) 8921-2198
錄　　音	ทิพนาถ สุดจิตต์
編輯中心	時時泰泰語資源中心
課本網站	https://www.everthai.tw/
出版日期	2024 年 6 月一版初刷
定　　價	199 元
I S B N	978-626-95698-5-4
總 經 銷	紅螞蟻圖書有限公司
地　　址	114 台北市內湖區舊宗路 2 段 121 巷 19 號
電　　話	(02) 2795-3656
傳　　真	(02) 2795-4100

欲利用本書全部或部分內容者，須徵得作者同意或書面授權。
請洽時時泰工作室：everthailand2019@gmail.com

Traveling in Thailand with the Thai language II
Published by EverThai Studio
Printed in Taiwan
Copyright © EverThai Studio
ALL RIGHTS RESERVED

旅遊泰文趴趴走 II

Traveling in Thailand with the Thai language II

เที่ยวประเทศไทยด้วยภาษาไทย II

序文
Preface คำนำ

  感謝讀者選擇《旅遊泰文趴趴走Ⅱ》隨身泰語學習書。本書旨在協助旅客在泰國旅遊時，能更加流暢地和當地人交流與溝通，並且享受泰國文化、美食、節慶活動等豐富的旅遊活動。在泰國旅行時，結交當地人朋友是一件相當有趣且有意義的事情。本書提供交友時，常用的泰文詞彙和語句，幫助旅客們更加自信地和當地人交流，增進彼此之間的友誼和認識。

  此外，泰國是一個充滿節慶活動的國家，從潑水節到水燈節，每一個節日都有其獨特的文化背景和慶祝形式。書中提及各種節慶的相關詞彙，讓旅客能夠更好地參與當地的文化活動。除了節慶活動外，美食也是旅行中必不可少的一部分。當地的美食豐富多樣，但有時候旅客可能會因為語言不通而難以預約心儀的餐廳，書中提供餐廳預約的常用詞彙和對話，幫助旅客輕鬆預約餐廳，享受美食盛宴。

  在旅行過程中，時常會有詢問道路的需求。泰國的道路系統有時會有路標不夠清晰，使旅客很容易迷路的疑慮，因此書中也提供詢問道路的常用詞彙和對話，幫助旅客更好地找到目的地。

然而，泰國的美甲體驗和藥局也是很多旅客關注的內容，使旅客能更加自信地說泰語，並且享受泰國的美容和醫療服務。

　　壯麗寬闊的視野，城市絢爛的晚霞，在湄南河畔，清淺時光，展一箋溫婉，拈一縷心香。在世俗喧囂之中，用心感受生活，品味雋永感動。最後，希望這本《旅遊泰文趴趴走》能夠為旅客們提供實用的語言工具，讓他們更加融入當地文化，體驗泰國的美麗風景和豐富文化。我們也期待著，這本書能夠成為旅客們的好幫手，讓旅行更加愉快、順暢和難忘。

時時泰工作室

序文
Preface คำนำ

Thank you for choosing our "Traveling in Thailand with Thai LanguageII" as your language companion. This book aims to assist travelers in Thailand to communicate more fluently with locals and fully enjoy the rich travel experiences of Thai culture, cuisine, and festivals. Making local friends during your trip is both fun and meaningful. This book provides commonly used Thai vocabulary and phrases for socializing, helping travelers communicate with confidence and foster friendships and connections.

Moreover, Thailand is a country known for its vibrant festivals, from the Songkran water festival to the Loy Krathong lantern festival, each with its unique cultural background and celebratory form. This book introduces relevant vocabulary for various festivals, enabling travelers to engage more actively in local cultural activities. Apart from festivals, food is an integral part of travel. With the diverse and delicious local cuisine, travelers may face challenges in making reservations at desired restaurants due to language barriers. This book provides essential vocabulary and dialogues for restaurant reservations, ensuring that travelers can easily secure a seat and indulge in a culinary feast.

During the journey, there will often be a need to ask for directions. Thailand's road system can sometimes be confusing, leading to concerns about getting lost. Hence, this book also includes common vocabulary and dialogues for asking directions, helping travelers find their way more effectively.

Furthermore, experiences such as getting a manicure or visiting a pharmacy are also areas of interest for many travelers. Equipped with the confidence to speak Thai, travelers can fully enjoy Thailand's beauty and avail themselves of the beauty and medical services it offers.

With breathtaking views, vibrant cityscapes, and tranquil moments by the Chao Phraya River, immerse yourself in the beauty of life and savor its timeless allure. Amidst the noise of the world, embrace a mindful experience and appreciate the profound emotions it evokes. Finally, we hope that "Travel Thai - A Handy Guide to Learning Thai" provides practical language tools for travelers, enabling them to immerse themselves in the local culture and experience the beauty and rich heritage of Thailand. We look forward to this book being your helpful companion, making your journey more enjoyable, smooth, and unforgettable.

EverThai Studio

推薦文
Recommendation คำแนะนำ

　　身為一位曾外派八年在曼谷的飯店總經理，我深深體會到旅遊對於人們的重要性。旅遊不僅能夠讓我們放鬆身心、體驗異國風情，更能夠拓展我們的視野和思維，讓我們更加開闊和豐富。

　　這本《旅遊泰文系列》的第二本書，不僅延續了第一本的實用性和方便性，讓前往泰國旅遊的朋友們更加輕鬆自在，也新增一些趣味的情境，例如「結交朋友」、「節慶活動」、「餐廳預約」、「詢問道路」、「美甲體驗」、「藥局買藥」等。這些情境不僅可以讓您更快速地融入當地的生活，也能豐富您的旅遊體驗。

　　在曼谷生活了八年的外籍人士，我深知語言障礙對於旅遊的影響，因此我特別推薦這本書，它不僅能夠幫助大家學會泰語基礎用語，還能夠幫助大家更好地融入當地文化，增進與當地人的交流和理解。

無論是第一次前往泰國旅遊的新手，還是已經熟悉泰國文化的老手，這本書都能夠提供豐富的資訊和實用的工具，幫助大家更好地掌握泰國的文化、風俗和生活方式。讓我們一起搭著曼谷的空鐵、捷運，或者自由行走在沙美島、湄南河畔或耀華力路的街頭小巷，感受泰國的美麗和多元，感受旅遊的樂趣和意義！

陳彥銘 總經理
台糖長榮酒店 (台南)

推薦文
Recommendation คำแนะนำ

"泰"風再起 "美食"饗宴

您好奇泰國的熱辣美食和豐富多彩的文化嗎？加入泰良膳社，讓我們帶您深入體驗這個東方神秘國度，享受獨特與迷樣的魅力！尤其在後疫情時代，探訪與旅遊泰國，成為國人認為CP值最高的旅遊國度，探索真正的泰國，盡在中山社大「泰良膳社」！

本校配合政府南向政策與東南亞新住民人口數量逐年的增加，泰、越語課程開設多年，並在落實國際課程生活化的大方針下，將課程逐步轉換為社團經營，讓「學以致用」的學習與服務成為一條生活探索鏈，實踐服務的人生。泰良膳社於2020年於臺北市中山社區大學創社，致力於推廣泰國的豐富飲食文化及烹飪技巧，享受色、香、味、形、意的美食饗宴。透過各種探索、體驗與操作活動，如教授烹飪技巧、進行文化交流及公共參與聯誼，豐富生活多元飲食品嚐，讓每一道菜不僅是飲食，更是一段文化旅程，更重要的是讓您感受「舌尖品嚐泰國美食」是通往幸福最快的捷徑。

《旅遊泰文趴趴走II》是一本旅遊與生活百搭的書籍，涵蓋了泰國的整體介紹，結交朋友、慶典活動、餐廳預約、詢問道路，乃至於時尚的美甲體驗與生活實務的藥局買藥等，鉅細靡遺的導引手冊。目的在幫助讀者能深入了解泰國的語言和文化，進而在生活中、旅遊時，能夠接地氣的深入感染深具獨特的民族氛圍與在地特色。

　　我在等您「泰國按摩」洗滌您的紅塵煩憂；蘭姆慶舞蹈帶您融入泰民俗故事裡；泰國熱辣美食讓您感受南國風的甜蜜與魅力！加入中山社大泰語課程「泰良膳社」，邀您一同深入學習泰語和閱讀的樂趣，探索與追逐一場繽紛的泰國美食與文化旅行，共同感受泰國風的溫暖與魅力吧！

陳玲珍 校長
臺北市中山社區大學校長

CONTENTS

關於泰國　　　　　　　　　　　　　　*14*
Thailand ประเทศไทย

Chapter 1　結交朋友　　　　　　　　　　*28*
　　　　　　　Making friends การรู้จักเพื่อน

Chapter 2　節慶活動　　　　　　　　　　*32*
　　　　　　　Festival events กิจกรรมเทศกาล

Chapter 3　餐廳預約　　　　　　　　　　*36*
　　　　　　　Restaurant reservation การจองร้านอาหาร

Chapter 4　詢問道路　　　　　　　　　　*40*
　　　　　　　Asking for directions ถามเรื่องเส้นทา

Chapter 5　美甲體驗　　　　　　　　　　*44*
　　　　　　　Nail experience ประสบการณ์ทำเล็บ

Chapter 6　藥局買藥　　　　　　　　　　*48*
　　　　　　　Buy medicine ร้านขายยาเพื่อซื้อยา

本書規則

1. 本書在音標上以「：」來標示長母音。
2. 本書在聲調上以數字「12345」來標示泰語聲調。

第一聲 First Sound	第二聲 Second Sound	第三聲 Third Sound	第四聲 Fourth Sound	第五聲 Fifth Sound
→	↘↗	↘	↗↘↗	↗
กา	ก่า	ก้า	ก๊า	ก๋า
ka:1	ka:2	ka:3	ka:4	ka:5

3. 本書 MP3 音檔，請掃 QRcode 下載。

4. 本書在表達上擇一使用，讀者請依照自身性別調整。

	表達「我」 Expressing "I"	句尾敬詞 – 肯定句 At the end of a sentence (affirmative)	句尾敬詞 – 疑問句 At the end of a sentence (interrogative)
女性 female	ฉัน (chan5)	ค่ะ (kha3)	คะ (kha4)
男性 male	ผม (phom5)	ครับ (khrap4)	ครับ (khrap4)

Book rules

1. This book uses " : " to mark long vowels on phonetic symbols.
2. This book uses the number "12345" to mark the tone of Thai.
3. Please scan the QRcode to download the MP3 audio files of this book.
4. There are "honour words" in Thai, which are used at the end of sentences. Female use "คะ (kha4)" for interrogative sentences, "ค่ะ (kha3)" for affirmative sentences, and male use "ครับ (khrap4)". This book uses one of the expressions above, and readers should adjust it according to their own gender.

關於泰國
Thailand ประเทศไทย

泰國的正式名稱為「泰王國」（ราชอาณาจักรไทย / Ratcha Anachak Thai），又簡稱為 泰國（ประเทศไทย / Prathet Thai）。

The official name of Thailand is "Kingdom of Thailand" (ราชอาณาจักรไทย/ Ratcha Anachak Thai), also referred to as Thailand (ประเทศไทย / Prathet Thai).

1 國旗 The flag of Thailand ธงชาติไทย

泰國國旗是紅、白、藍（雙倍寬）組成。
The Thai national flag is composed of red, white, and blue (double width).

2 歷史朝代 Historical dynasty ราชวงศ์ประวัติศาสตร์

1238–1448　素可泰王朝　　Anachak Sukhothai　อาณาจักรสุโขทัย

1351–1767　阿瑜陀耶王朝　Anachak Ayutthaya　อาณาจักรอยุธยา

1767–1782　吞武里王朝　　Anachak Thonburi　อาณาจักรธนบุรี

1782– 至今　卻克里王朝　　Ratchawong Chakkri　ราชวงศ์จักรี

卻克里王朝又名為拉瑪王朝和曼谷王朝，「拉瑪」一詞源於印度古代傳說中的偉大英雄，而現今泰國國王為拉瑪十世。

The Chakri dynasty is also known as the Rama dynasty and the Bangkok dynasty. The word "Rama" comes from a great hero in ancient Indian legends, and the current king of Thailand is Rama X.

3 地理位置 Geography ภูมิศาสตร์

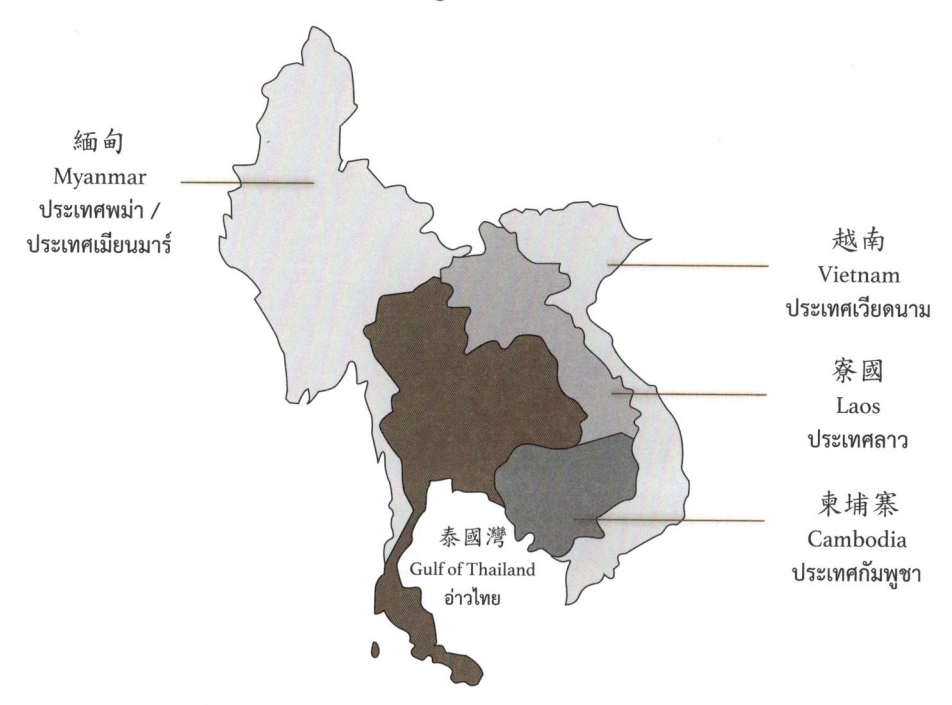

緬甸
Myanmar
ประเทศพม่า /
ประเทศเมียนมาร์

越南
Vietnam
ประเทศเวียดนาม

寮國
Laos
ประเทศลาว

柬埔寨
Cambodia
ประเทศกัมพูชา

泰國灣
Gulf of Thailand
อ่าวไทย

泰國位在中南半島的心臟地帶。現為東協的心臟位置，國土面積約為五十萬平方公里，人口約為七千萬。中部政治經濟核心帶，例如首都曼谷市。北部地區多為避暑勝地，季候涼爽。東北部地區稱為「伊善」(อีสาน/Isan)，曾為寮國的部分國土，深受高棉與寮國影響。東部擁有許多觀光勝地例如象島、芭達雅等。南部地區受到馬來文化和伊斯蘭文化影響。

Thailand is located in the heart of Indochina Peninsula. Now it is the heart of ASEAN, with a land area of about 500,000 square kilometers and a population of about 70 million. Central political and economic core belt, such as the capital city of Bangkok. The northern region is mostly a summer resort with a cool season.

The northeastern region is called "Isan" (อีสาน/Isan). It used to be part of Laos and was deeply influenced by Khmer and Laos. There are many tourist attractions in the east such as Koh Chang and Pattaya. The southern region is influenced by Malay culture and Islamic culture.

4 泰國地圖 Thailand Map แผนที่ประเทศไทย

泰國全國分成 76 個府與 1 個府級直轄市曼谷（又稱大曼谷府）。
Thailand is divided into 76 provinces and 1 province-level municipality, Bangkok.

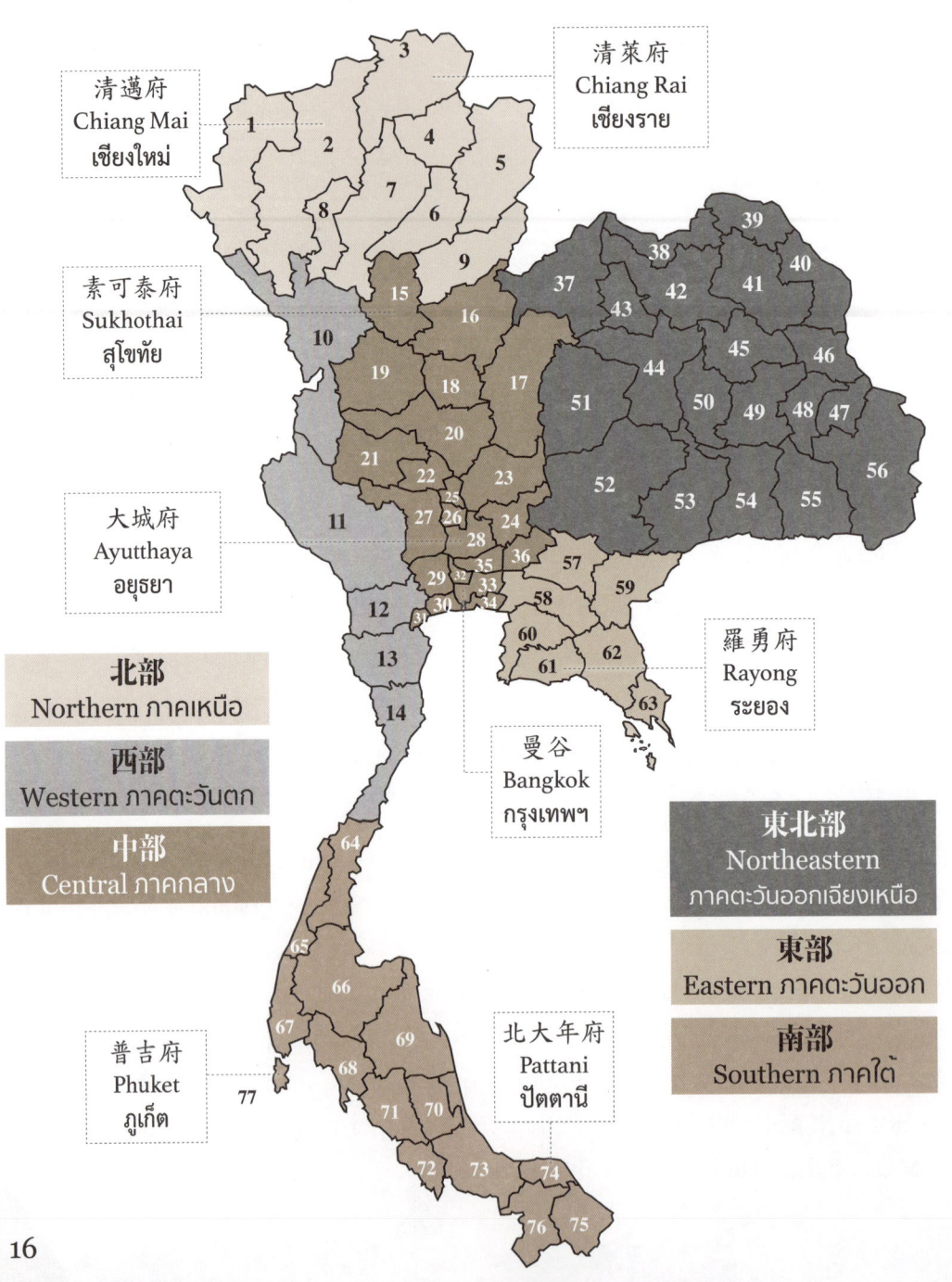

清邁府 Chiang Mai เชียงใหม่

清萊府 Chiang Rai เชียงราย

素可泰府 Sukhothai สุโขทัย

大城府 Ayutthaya อยุธยา

羅勇府 Rayong ระยอง

曼谷 Bangkok กรุงเทพฯ

北大年府 Pattani ปัตตานี

普吉府 Phuket ภูเก็ต

北部 Northern ภาคเหนือ
西部 Western ภาคตะวันตก
中部 Central ภาคกลาง
東北部 Northeastern ภาคตะวันออกเฉียงเหนือ
東部 Eastern ภาคตะวันออก
南部 Southern ภาคใต้

北部
Northern ภาคเหนือ

MP3 0-1

1	夜豐頌府	Mae Hong Son	แม่ฮ่องสอน
2	清邁府	Chiang Mai	เชียงใหม่
3	清萊府	Chiang Rai	เชียงราย
4	帕夭府	Phayao	พะเยา
5	難府	Nan	น่าน
6	帕府	Phrae	แพร่
7	南邦府	Lampang	ลำปาง
8	南奔府	Lamphun	ลำพูน
9	程逸府	Uttaradit	อุตรดิตถ์

西部
Western ภาคตะวันตก

MP3 0-2

10	達府（來興府）	Tak	ตาก
11	甘差那武里府（北碧府）	Kanchanaburi	กาญจนบุรี
12	叻武里府（叻丕府）	Ratchaburi	ราชบุรี
13	碧武里府（佛丕府）	Phetchaburi	เพชรบุรี
14	班武里府（巴蜀府）	Phrachuap	ประจวบ

中部
Central ภาคกลาง

MP3 0-3

15	素可泰府	Sukhothai	สุโขทัย
16	彭世洛府	Phitsanulok	พิษณุโลก
17	碧差汶府	Phetchabun	เพชรบูรณ์
18	披集府	Phichit	พิจิตร
19	甘烹碧府	Kamphaeng Phet	กำแพงเพชร

中部
Central ภาคกลาง

MP3 0-4

20	那空沙旺府	Nakhon Sawan	นครสวรรค์
21	烏泰他尼府（色梗港府）	Uthai Thani	อุทัยธานี
22	猜納府	Chai Nat	ชัยนาท
23	華富里府	Lop Buri	ลพบุรี
24	沙拉武里府（北標府）	Sara Buri	สระบุรี
25	信武里府	Sing Buri	สิงห์บุรี
26	紅統府	Ang Thong	อ่างทอง
27	素攀武里府（素攀府）	Suphan Buri	สุพรรณบุรี
28	阿瑜陀耶府（大城府）	Phra Nakhon Si Ayutthaya	พระนครศรีอยุธยา
29	那空巴統府（佛統府）	Nakhon Pathom	นครปฐม
30	沙沒沙空府（龍仔厝府）	Samut Sakhon	สมุทรสาคร
31	沙沒頌堪府（夜功府）	Samut Songkhram	สมุทรสงคราม
32	暖武里府	Nonthaburi	นนทบุรี
33	曼谷市（恭貼瑪哈納空）	Bangkok (Krung Thep Maha Nakhon)	กรุงเทพมหานคร
34	沙沒巴干府（北欖府）	Samut Prakan	สมุทรปราการ
35	巴吞他尼府	Pathum Thani	ปทุมธานี
36	那空那育府	Nakhon Nayok	นครนายก

東北部
Northeastern
ภาคตะวันออกเฉียงเหนือ

MP3 0-5

37	黎府	Loei	เลย
38	廊開府	Nong Khai	หนองคาย
39	汶干府	Bueng Kan	บึงกาฬ
40	那空拍儂府	Nakhon Phanom	นครพนม
41	沙功那空府（色軍府）	Sakon Nakhon	สกลนคร
42	烏隆他尼府（烏隆府）	Udon Thani	อุดรธานี
43	農磨蘭普府	Nong Bua Lamphu	หนองบัวลำภู
44	孔敬府	Khon Kaen	ขอนแก่น
45	加拉信府	Kalasin	กาฬสินธุ์
46	穆達漢府	Mukdahan	มุกดาหาร
47	安納乍倫府	Amnat Charoen	อำนาจเจริญ
48	益梭通府	Yasothon	ยโสธร
49	黎逸府	Roi Et	ร้อยเอ็ด
50	瑪哈沙拉堪府	Maha Sarakham	มหาสารคาม
51	猜也蓬府	Chaiyaphum	ชัยภูมิ
52	那空叻差是瑪府	Nakhon Ratchasima	นครราชสีมา
53	武里南府	Buri Ram	บุรีรัมย์
54	素林府（素輦府）	Surin	สุรินทร์
55	四色菊府	Si Sa Ket	ศรีสะเกษ
56	烏汶府	Ubon Ratchathani	อุบลราชธานี

19

南部
Southern ภาคใต้

MP3 0-7

64	春蓬府	Chumphon	ชุมพร
65	拉廊府	Ranong	ระนอง
66	素叻他尼府	Suratthani	สุราษฎร์ธานี
67	攀牙府	Phangnga	พังงา
68	甲米府	Krabi	กระบี่
69	那空是貪瑪叻府	Nakhon SiThammarat	นครศรีธรรมราช
70	博他侖府	Phatthalung	พัทลุง
71	董里府	Trang	ตรัง
72	沙敦府	Satun	สตูล
73	宋卡府	Songkhla	สงขลา
74	北大年府	Pattani	ปัตตานี
75	那拉提瓦府（陶公府）	Narathiwat	นราธิวาส
76	也拉府	Yala	ยะลา
77	普吉府	Phuket	ภูเก็ต

5 旅遊知識 Travel knowledge ความรู้การเดินทาง

① 進入到泰國寺廟時，不能穿無袖上衣、短褲或短裙，可在入口處租借長褲或長裙。

When entering a Thai temple, you cannot wear sleeveless tops, shorts or skirts, and you can rent trousers or long skirts at the entrance.

② 泰國有提供服務人員小費的習慣，但須留意不能給予銅板作為小費，會有乞丐的意味，可以給紙鈔。

In Thailand, it is customary to tip service personnel, but it is important to note that giving coins as a tip is not appropriate as it may be seen as charity. Instead, it is recommended to give paper currency as a tip.

③ 泰國僧侶在泰國的地位非常崇高，在路上遇到時建議保持距離，女性遊客也盡量不要觸碰到僧侶。

Thai monks have a very high status in Thailand. It is recommended to keep a distance when encountering them on the road. Female tourists should also try not to touch monks.

④ 泰國百貨公司和賣場的美食街，消費方式是先用現金兌換儲值卡或餐卷，再到櫃檯點餐，儲值卡內沒花完的費用可再到服務台換回現金。

In Thailand, at department stores and food courts in malls, the usual practice is to exchange cash for a stored value card or food coupons before placing orders at the counters. If there is any remaining balance on the stored value card, it can be refunded in cash at the service counter.

⑤ 有些泰國飯店不能帶榴槤或山竹進入房間內，務必留意。

Some Thai restaurants do not allow durians or mangosteens to be brought into the room, so be careful.

6 曼谷地圖 Bangkok Map แผนที่กรุงเทพฯ

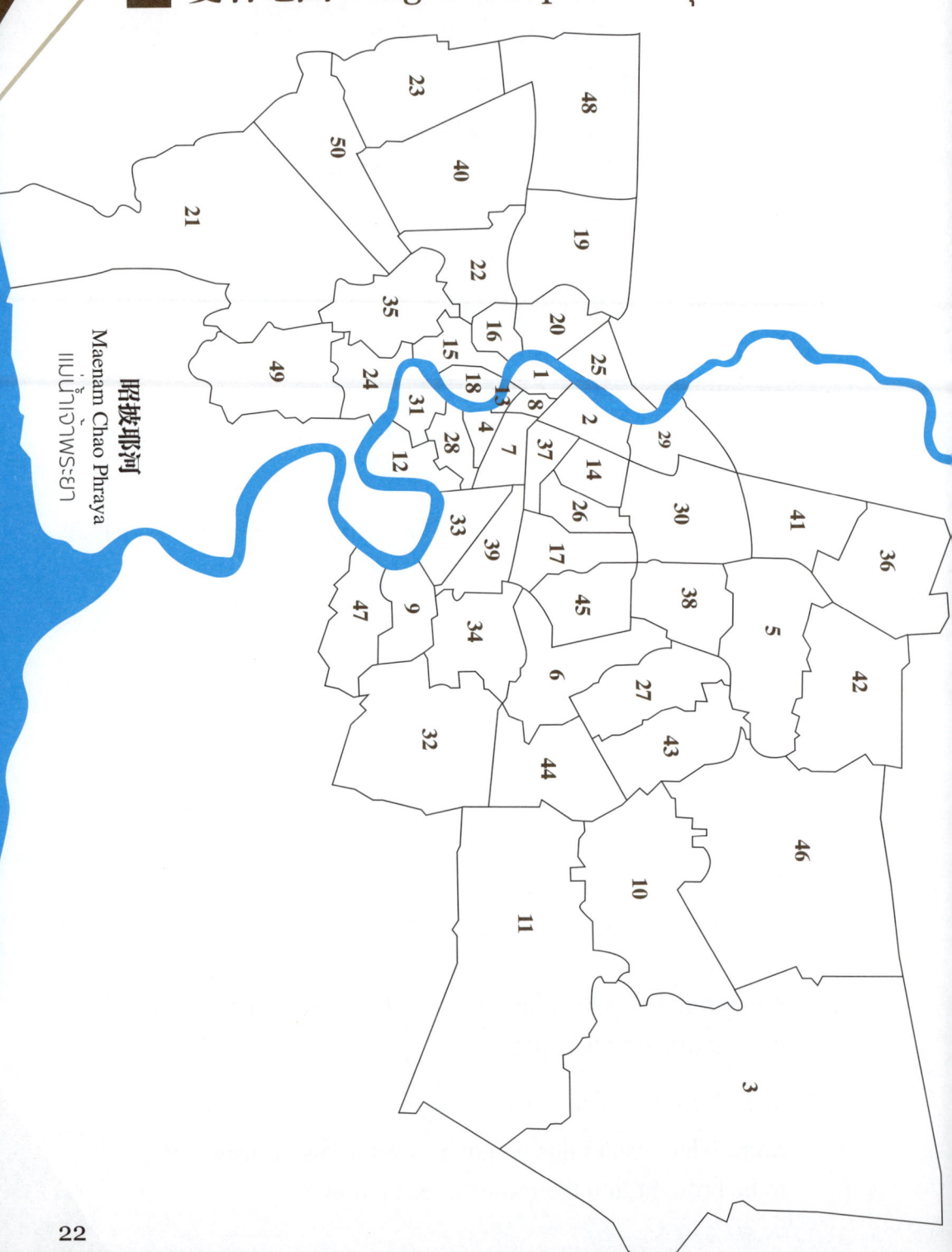

เเม่น้ำเจ้าพระยา
Maenam Chao Phraya
昭披耶河

#	中文	English	ไทย
1	帕那空縣	Phra Nakhon	พระนคร
2	律實縣	Dusit	ดุสิต
3	廊卓縣	Nong Chok	หนองจอก
4	挽叻縣	Bang Rak	บางรัก
5	曼卿縣	Bang Khen	บางเขน
6	曼甲必縣	Bang Kapi	บางกะปิ
7	巴吞旺縣	Pathum Wan	ปทุมวัน
8	沙都抬縣	Pom Prap Sattru Phai	ป้อมปราบศัตรูพ่าย
9	帕卡隆縣	Phra Khanong	พระโขนง
10	民武里縣	Min Buri	มีนบุรี
11	拉甲邦縣	Lat Krabang	ลาดกระบัง
12	然那華縣	YanNawa	ยานนาวา
13	三攀他旺縣	Samphan thawong	สัมพันธวงศ์
14	披耶泰縣	Phaya Thai	พญาไท
15	吞武里縣	Thon Buri	ธนบุรี
16	曼谷艾縣	Bangkok Yai	บางกอกใหญ่
17	匯權縣	Huai Khwang	ห้วยขวาง
18	空訕縣	Khlong San	คลองสาน
19	達鈴燦縣	Taling Chan	ตลิ่งชัน
20	曼谷蓮縣	Bangkok Noi	บางกอกน้อย
21	曼坤天縣	Bang Khun Thian	บางขุนเทียน
22	帕世乍能縣	Phasi Charoen	ภาษีเจริญ
23	廊鑒縣	Nong Khaem	หนองแขม
24	拉布拉那縣	Rat Burana	ราษฎร์บูรณะ
25	曼盼縣	Bang Phlat	บางพลัด
26	鄰鈴縣	Din Daeng	ดินแดง
27	汶比昆縣	Bueng Kum	บึงกุ่ม
28	沙吞縣	Sathon	สาทร
29	挽賜縣	Bang Sue	บางซื่อ
30	乍都節縣	Chatuchak	จตุจักร
31	曼柯廉縣	Bang Kho Laem	บางคอแหลม
32	巴威縣	Prawet	ประเวศ
33	空堤縣	Khlong Toei	คลองเตย
34	臺鑾縣	Suan Luang	สวนหลวง
35	宗通縣	Chom Thong	จอมทอง
36	廊曼縣	Don Mueang	ดอนเมือง
37	叻差貼威縣	Ratchathewi	ราชเทวี
38	拉拋縣	Lat Phrao	ลาดพร้าว
39	瓦他那縣	Watthana	วัฒนา
40	曼凱縣	Bang Khae	บางแค
41	朗四縣	Lak Si	หลักสี่
42	賽邁縣	Sai Mai	สายไหม
43	堪那耀縣	Khan Na Yao	คันนายาว
44	沙攀松縣	Saphan Sung	สะพานสูง
45	翁通郎縣	Wang Thonglang	วังทองหลาง
46	空三華縣	Khlong Sam Wa	คลองสามวา
47	曼那縣	Bang Na	บางนา
48	他威瓦他那縣	Thawi Watthana	ทวีวัฒนา
49	特庫縣	Thung Khru	ทุ่งครุ
50	曼磅縣	Bang Bon	บางบอน

7 空鐵圖 BTS Map แผนที่บีทีเอส

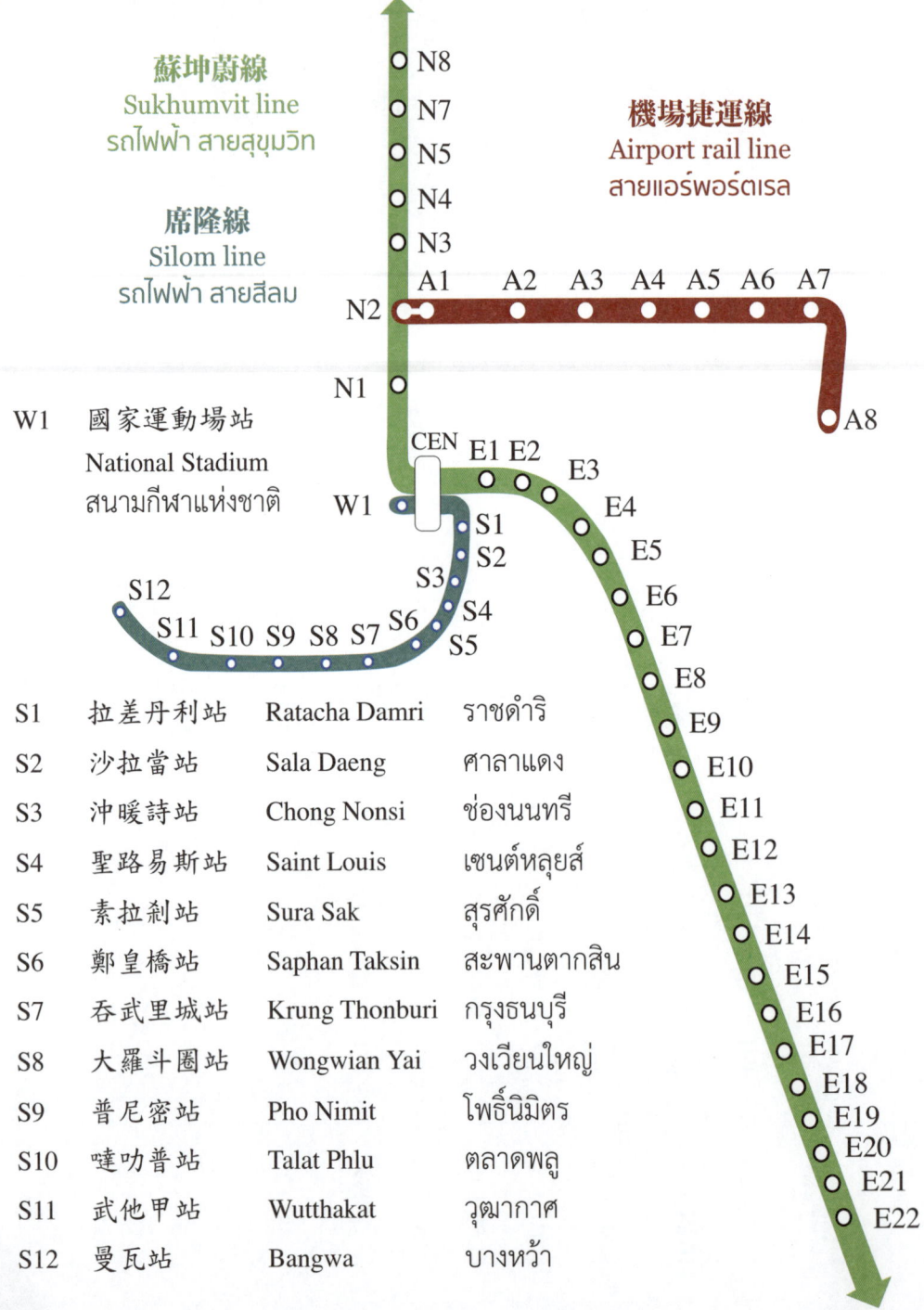

蘇坤蔚線
Sukhumvit line
รถไฟฟ้า สายสุขุมวิท

機場捷運線
Airport rail line
สายแอร์พอร์ตเรล

席隆線
Silom line
รถไฟฟ้า สายสีลม

W1	國家運動場站	National Stadium	สนามกีฬาแห่งชาติ	
S1	拉差丹利站	Ratacha Damri	ราชดำริ	
S2	沙拉當站	Sala Daeng	ศาลาแดง	
S3	沖暖詩站	Chong Nonsi	ช่องนนทรี	
S4	聖路易斯站	Saint Louis	เซนต์หลุยส์	
S5	素拉剎站	Sura Sak	สุรศักดิ์	
S6	鄭皇橋站	Saphan Taksin	สะพานตากสิน	
S7	吞武里城站	Krung Thonburi	กรุงธนบุรี	
S8	大羅斗圈站	Wongwian Yai	วงเวียนใหญ่	
S9	普尼密站	Pho Nimit	โพธิ์นิมิตร	
S10	噠叻普站	Talat Phlu	ตลาดพลู	
S11	武他甲站	Wutthakat	วุฒากาศ	
S12	曼瓦站	Bangwa	บางหว้า	

24

Code	中文	English	ไทย
N8	蒙奇站	Mo Chit	หมอชิต
N7	水牛橋站	Saphan Khwai	สะพานควาย
N5	阿黎站	Ari	อารีย์
N4	打靶場站	Sanam Pao	สนามเป้า
N3	勝利紀念碑站	Victory Monument	อนุสาวรีย์ชัยสมรภูมิ
N2	披耶泰站	Phaya Thai	พญาไท
N1	拉差貼威站	Ratchathewi	ราชเทวี
CEN	暹羅	Siam	สยาม
E1	奇隆站	Chitlom	ชิดลม
E2	奔集站	Phloen Chit	เพลินจิต
E3	那那站	Nana	นานา
E4	阿索克站	Asok	อโศก
E5	澎鵬蓬	Phromphong	พร้อมพงษ์
E6	通羅站	Thong lo	ทองหล่อ
E7	伊卡邁站	Ekkamai	เอกมัย
E8	拍崑崙站	Phra Khanong	พระโขนง
E9	安努站	On nut	อ่อนนุช
E10	挽節站	Bang Chak	บางจาก
E11	布納威提站	Punnawithi	ปุณณวิถี
E12	烏東素站	Udom Suk	อุดมสุข
E13	挽那站	Bang Na	บางนา
E14	軸承站	Bearing	แบริ่ง
E15	三榕站	Samrong	สำโรง
E16	普照站	Pu Chao	ปู่เจ้า
E17	愛侶灣站	Chang Erawan	ช้างเอราวัณ
E18	海軍學院站	Royal Thai Naval Academy	โรงเรียนนายเรือ
E19	北欖站	Pak Nam	ปากน้ำ
E20	詩納卡琳站	Srinagarindra	ศรีนครินทร์
E21	佩沙站	Phraek Sa	แพรกษา
E22	賽露站	Sai Luat	สายลวด
E23	凱哈站	Kheha	เคหะฯ
A1	帕亞泰站	Phaya Thai	พญาไท
A2	拉差帕拉雷站	Ratchaprarop	ราชปรารภ
A3	馬卡桑站	Makkasan	มักกะสัน
A4	藍坎漢站	Ram khamhaeng	รามคำแหง
A5	華湄站	Hua Mak	หัวหมาก
A6	班沓昌站	Ban Thap Chang	บ้านทับช้าง
A7	雷卡拉班站	Lat Krabang	ลาดกระบัง
A8	蘇汪納蓬站	Suvarnabhumi	สุวรรณภูมิ

25

8 捷運圖 MRT Map รถไฟฟ้า สายสีน้ำเงิน

BL1	塔帕站	Tha Phra	ท่าพระ
BL2	乍倫13巷站	Charan 13	จรัญฯ 13
BL3	發彩站	Fai Chai	ไฟฉาย
BL4	曼坤暖站	Bang Khun Non	บางขุนนนท์
BL5	曼益康站	Bang Yi Khan	บางยี่ขัน
BL6	詩琳通站	Sirindhorn	สิรินธร
BL7	曼盼站	Bang Phlat	บางพลัด
BL8	曼奧站	Bang O	บางอ้อ
BL9	曼坡站	Bang Pho	บางโพ
BL10	島本站	Tao Poon	เตาปูน
BL11	挽賜站	Bang Sue	บางซื่อ
BL12	甘帕安碧站	Kamphaeng Phet	กำแพงเพชร
BL13	乍都節公園站	Chatuchak Park	สวนจตุจักร
BL14	塔宏猶清站	Phahon Yothin	พหลโยธิน
BL15	樂拋站	Lat Phrao	ลาดพร้าว

BL16	拉差當碧沙站	Ratchadaphisek	รัชดาภิเษก
BL17	蘇迪參站	Sutthisan	สุทธิสาร
BL18	惠恭王站	Huai Khwang	ห้วยขวาง
BL19	泰國文化中心站	Thailand Cultural Centre	ศูนย์วัฒนธรรมแห่งประเทศไทย
BL20	拉瑪九世站	Phra Ram 9	พระราม 9
BL21	碧差汶里站	Phetchaburi	เพชรบุรี
BL22	蘇坤蔚站	Sukhumvit	สุขุมวิท
BL23	詩麗吉王后國家會議中心站	Queen Sirikit National Convention Centre	ศูนย์การประชุมแห่งชาติสิริกิติ์
BL24	克隆托伊站	Khlong Toei	คลองเตย
BL25	倫披尼站	Lumphini	ลุมพินี
BL26	席隆站	Si Lom	สีลม
BL27	山燕站	Sam Yan	สามย่าน
BL28	華藍蓬站	Hua Lamphong	หัวลำโพง
BL29	龍蓮寺站	Wat Mangkon	วัดมังกร
BL30	三峰站	Sam Yot	สามยอด
BL31	沙南猜站	Sanam Chai	สนามไชย
BL32	伊沙拉帕站	Itsaraphap	อิสรภาพ
BL33	曼派站	Bang Phai	บางไผ่
BL34	曼瓦站	Bang Wa	บางหว้า
BL35	碧甲盛48巷站	Phetkasem 48	เพชรเกษม 48
BL36	帕喜乍能站	Phasi Charoen	ภาษีเจริญ
BL37	曼凱站	Bang Khae	บางแค
BL38	叻松站	Lak Song	หลักสอง

Chapter 1 結交朋友
Making friends การรู้จักเพื่อน

1 常用詞彙 Vocabulary คำศัพท์　　　MP3 1-1

泰文 Thai	拼音 Pinyin	中文 Chinese	英文 English
1 สวัสดี	sa2 wat2 di:1	你好	Hello
2 ขอบคุณ	khor:p2 khun1	謝謝	Thank you
3 ขอโทษ	khor:5 tho:t3	對不起	sorry; excuse me
4 ไม่เป็นไร	mai3 pen1 rai1	沒關係	it's okay
5 ไม่ต้องเกรงใจ	mai3 tor:ng3 kre:ng1 jai1	不客氣	you're welcome
6 เจอกันใหม่	jer:1 kan1 mai2	再見	see you again
7 สบายดีไหม	sa2 bai1 di:1 mai5	你好嗎	how are you

28

2 常用句子 Sentences ประโยค　　　MP3 1-2

1. **ไม่ ได้ เจอกัน เสีย นาน ค่ะ**

   mai3 dai3 jer:1 kan1 si:a5 na:n1 kha3

   好久不見。

   Haven't met in a long time.

2. **นี่ คือ เพื่อน ของ ผม ครับ**

   ni:3 khue:1 phue:an3 khor:ng5 phom5 khrap4

   這是我的朋友。

   This is my friend.

3. **ช่วงนี้ เป็นยังไงบ้าง คะ**

   chu:ang3 ni:4   pen1 yang1 ngai1 ba:ng3 kha4

   最近如何呢？

   How are you doing?

4. **เหมือน ปกติ / เหมือน เดิม**

   mue:an5 pa2 ka2 ti2 /   mue:an5 der:m1

   老樣子。

   Same as usual

5. **อย่างเคย / ยุ่งมาก**

   　ya:ng2 kher:i1   yung3 ma:k3

   跟平常一樣 / 很忙碌

   As usual / very busy

29

6. **สุขภาพ ของ พ่อแม่ เป็นยังไงบ้าง ครับ**

   suk2 kha2 pha:p3 khor:ng5 phor:3 mae:3
   pen1 yang1 ngai1 ba:ng3 khrap4

   您父母身體如何？
   How is your parents' health?

7. **ขอ ฝาก ความคิดถึง ไป ให้ คุณ พ่อแม่ ของ คุณ ค่ะ**

   khor:5 fa:k2 khwa:m1 khit4 thueng5 pai1
   hai3 khun1 phor:3 mae:3 khor:ng5 khun1 kha3

   請你代我向他們問好。
   Please convey my greetings to them on my behalf.

8. **สะดวก ให้ เบอร์โทร ไว้ ไหม ครับ**

   sa2 du:ak2 hai3 ber:1 tho:1 wai4 mai5 khrap4

   您方便留電話給我嗎？
   Is it convenient for you to leave a phone number for me?

9. **ไป ก่อน นะ
คราวหน้า จะ ติดต่อ กลับ นะ**

pai1 kor:n2 na4 khra:o1 na:3 ja2 tit2 tor:2 klap2 na4

先走了，下次再聯絡。
I go first and I will contact you next time.

---

10. **ดูแล ตัวเอง**

du:1 lae1 tu:a1 e:ng1

保重自己。
Take care of yourself

---

11. **ฉัน จะ ไป ส่ง คุณ ที่ บีทีเอส**

chan5   ja2   pai1 song2 khun1 thi:3 bi:1 thi:1 e:t2

我送你到 BTS 吧。
I will take you to BTS station.

---

12. **เจอกันใหม่ ตอนหน้า บ๊ายบาย**

jer:1 kan1 mai2   tor:n1   na:3   ba:i4   ba:i1

下次見，掰掰。
See you next time, bye bye.

泉發蜂蜜

SINCE 1919

蜂華百年，嗡嗡精研

蒔花、養蜂、採蜜，
不斷從蜜蜂的智慧取經學習。
始自1919年的百年蜂蜜家族，
領受大自然恩賜之禮，回報以虔心，
遵循傳統採收時機，採最低限度必要加工，
追求取自蜂巢的原萃活性。

百年歷史的泉發勤奮不輟，與時俱進，
成立自有的工廠及實驗室深耕護膚保養品。

特選野蜂蜜50g　　特選野蜂蜜820g

台灣傳承百年的好味道

www.cfhoney.com

香米泰國料理

Home's Thai Cuisine

ร้านอาหารไทย ข้าวหอมมะลิ

Pad thai

Som tam

從 2003 年我們在台北東區成立了一家時髦又正宗的泰國餐廳，並以推廣泰國飲食文化為使命，結合多種經營元素，優雅的空間、貼心的服務和正宗的美食，多年來已獲得百萬顧客的支持。由於創辦人與主廚來自泰國，加上台灣熱愛泰式料理的廚師團隊，以高品質高標準經營餐廳，料理正宗、豐富多元，2005 年香米榮獲泰國經濟部頒發「Thai Select」全球泰精選餐廳肯定，更是台灣餐廳首次榮獲此殊榮，香米代表台灣前往曼谷頒獎。全球泰精選餐廳肯定，更是台灣餐廳首次榮獲此殊榮，香米代表台灣前往曼谷頒獎。香米 20 年來用心經營，博得廣大顧客一致好口碑，我們依然秉持正宗泰國料理：精緻、新鮮、高級食材，分享和推廣泰國飲食文化為初衷，以泰式親切的服務招呼每一位顧客。

復北店
(02)8770-7309
台北市復興北路 174 號一樓
中餐 11:30 ～ 14:30
晚餐 17:30 ～ 22:00

大直忠泰店
(02)8502-0506
台北市中山區樂群三路 200 號 5 樓
中餐 11:00 ～ 14:30
晚餐 17:30 ～ 21:30

信義遠百 A13 店
(02)2778-6806
台北市信義區松仁路 58 號 4 樓
中餐 11:00 ～ 14:30
晚餐 17:00 ～ 21:30

臉書專頁

Chapter 2 節慶活動
Festival events กิจกรรมเทศกาล

1 泰國節日 Holidays วันหยุด

MP3 2-1

	泰文 Thai	拼音 Pinyin	中文 Chinese	英文 English
1	วันขึ้นปีใหม่	wan1 khuen3 pi:1 mai2	元旦	New Year's Day
2	วันตรุษจีน	wan1 trut2 ji:n1	中國農曆新年	Chinese Lunar New Year
3	วันจักรี	wan1 jak2 kri:1	卻克里王朝紀念日 (4/6)	Chakri Memorial Day
4	วันสงกรานต์	wan1 song5 kra:n1	潑水節 (4/13–4/15)	Songkran Festival
5	วันแรงงาน	wan1 rae:ng1 nga:n1	勞動節	Labour Day
6	วันพืชมงคล	wan1 phue:t3 mong1 khon1	春耕節 (5/17)	Wan Phuetcha Mongkhon
7	วันภาษาไทยแห่งชาติ	wan1 pha:1 sa:5 thai1 hae:ng2 cha:t3	國際泰語日 (7/29)	National Thai Language Day

34

泰文 Thai	拼音 Pinyin	中文 Chinese	英文 English
8 วันแม่	wan1 mae:3	母親節 (8/12)	Mother's Day
9 วันเข้าพรรษา	wan1 khao3 phan1 sa:5	守夏節	Kao Pansa
10 วันลอยกระทง	wan1 lor:i1 kra2 thong1	水燈節 (11月)	Loy Kratong Festival
11 วันชาติ วันพ่อแห่งชาติ	wan1 cha:t3/ wan1 phor:3 hae:ng2 cha:t3	國慶日 / 父親節 (12/5)	National Day Father's Day
12 วันรัฐธรรมนูญ	wan1 rat3 tha2 tham1 ma4 nu:n1	憲法紀念日 (12/10)	Constitution Day

2 華人節日 Chinese festival เทศกาลจีน

MP3 2-2

泰文 Thai	拼音 Pinyin	中文 Chinese	英文 English
1 เทศกาลกินเจ	the:t3 sa2 ka:n1 kin1 je:1	九皇齋節	Vegetarian Festival
2 เทศกาลไหว้บ๊ะจ่าง	the:t3 sa2 ka:n1 wai3 ba4 ja:ng2	端午節	Dragon boat Festival
3 วันไหว้พระจันทร์	wan1 wai3 phra4 jan1	中秋節	Mid-Autumn Festival

3 常用句子 Sentences ประโยค *MP3 2-3*

1. **วันนี้ เป็นเทศกาล อะไร**

   wan1 ni:4 pen1 the:t3 sa2 ka:n1 a2 rai1

   今天是什麼節日？
   What festival is today?

2. **เมืองไทย จะ มี วันหยุด เมื่อไหร่**

   mue:ang1 thai1　ja2　mi:1　wan1 yut2　mue:a3 rai2

   泰國什麼時候會放假？
   When is the holiday in Thailand?

3. **วันแม่ จะ ไป ไหน**

   wan1 mae:3　ja2　pai1　nai5

   母親節那天打算去哪裡？
   Where will Mother's Day go?

4. **คุณ จะ ฉลอง วันสงกรานต์ อย่างไร**

   khun1　ja2　cha2 lor:ng5　wan1 song5 kra:n1　ya:ng2 rai1

   你會怎麼慶祝潑水節？
   How would you celebrate Songkran?

36

5. เทศกาล ลอยกระทง ไป เที่ยว ไหน ดี

the:t3 sa2 ka:n1 lor:i1 kra2 thong1 pai1 thi:ao3 nai5 di:1

水燈節要去哪裡玩？
Where to go for the Loy Krathong Festival?

6. ฉลอง ปีใหม่ ที่ ไหน

cha2 lor:ng5 pi:1 mai2 thi:3 nai5

你會去哪裡跨年？
Where will you go for New Year?

7. ปีนี้ ครอบครัวเรา จะไปเที่ยว ต่างประเทศ

pi:1 ni:4 khror:p3 khrua1 rao1 ja2 pai1 thi:ao3 ta:ng2 pra2 the:t3

今年我們家會出國旅遊。
This year our family will travel abroad.

8. เทศกาล กินเจ มี อะไร พิเศษ

the:t3 sa2 ka:n1 kin1 je:1 mi:1 a2 rai1 phi4 se:t2

九皇齋節有什麼特別之處？
What's special about Vegetarian Festival?

卻克里王朝紀念日 Chakri Memorial Day

拉瑪一世於佛曆 2325 年（公曆 1782 年）加冕為暹羅王國的國王，並建立了扎克里王朝。當天，他下令修建曼谷城並將其定為首都。佛曆 2461 年（公曆 1918 年）的 4 月 6 日，為紀念先前登基的五位君主，拉瑪六世舉行了盛大的紀念活動，並將每年的 4 月 6 日定為「扎克里日」。這一天同時標誌著五尊君主雕像的整修完成。

King Rama I was crowned as the king of the Kingdom of Siam in the year 2325 of the Buddhist calendar (1782 AD) and established the Chakri Dynasty. On that day, he ordered the construction of Bangkok City and designated it as the capital. On April 6th, 2461 of the Buddhist calendar (1918 AD), in commemoration of the previous five monarchs, King Rama VI held a grand commemorative event and declared April 6th as "Chakri Day" to be celebrated annually. This day also marked the completion of the restoration of the five royal statues.

泰國新年 / 潑水節 Songkran Festival

潑水節，也被稱為泰國新年，是泰國最重要和最具盛名的節慶之一。每年的 4 月 13 日至 15 日期間舉行，起源於泰國傳統信仰，潑水活動被視為一種祝福和祈福的儀式。在節慶中，人們會使用水槍、水桶，向彼此潑水，除了潑水活動，潑水節還包括其他慶祝活動，如參加寺廟的儀式和祈禱、舉行傳統音樂和舞蹈表演、參加遊行和燈會等。

Songkran, also known as the Thai New Year, is a renowned festival in Thailand. It takes place from April 13th to 15th and involves the tradition of splashing water on each other as a blessing and purification ritual. Besides water splashing, Songkran includes temple ceremonies, music and dance performances, parades, and lantern festivals. It is a time to celebrate, pay respects, and enjoy the festive atmosphere, attracting both locals and tourists.

水燈節 Loy Kratong Festival

水燈節是泰國最美的節慶之一，每年泰曆 12 月 15 日舉行（約莫是陽曆 11 月）。人們製作水燈並放入水中，寄託願望和祝福。特別是在清邁的天燈節，數千個天燈點亮夜空，場面令人屏息。人們聚集在湖泊、河流、運河和海灘慶祝水燈節，向水神致敬。這是擺脫厄運和負面情緒，迎來好運和積極情緒的傳統方式。

The Water Lantern Festival, known as Loy Krathong, is a stunning Thai celebration held annually on the 15th day of the Thai lunar calendar (around November). People make and float lanterns in water to convey their wishes and blessings. In Chiang Mai, the Sky Lantern Festival features thousands of lanterns illuminating the night sky. This tradition is a way to let go of negativity, embrace positivity, and honor water deities.

國慶日 / 父親節 National Day & Father's Day

12 月 5 日為泰國父親節、國慶日和萬壽節的日子。萬壽節起源於大城王朝時期，為慶祝國王的生日，根據傳統，大城國王烏通國王定下泰陰九月的某日為泰王的祝壽日，以防止人們知曉國王真實生辰並施加巫術的傷害。然而，自拉瑪四世國王統治曼谷王朝起，泰國改以當朝國王的真實生日慶祝，並於 1959 年將拉瑪九世的生日 12 月 5 日定為國慶節。父親節則為紀念 1946 年拉瑪九世登基以來，對泰國的貢獻，透過舉行遊行、燈會和文化表演，表達對國家和國王的愛。

December 5th is an important day in Thailand, known as Father's Day, National Day, and Wan Suk (King's Birthday) celebrations. Wan Suk originated in the Dvaravati period to celebrate the Thai monarch's birth, while Father's Day commemorates King Rama IX's contributions since 1946. It's a day of parades, lantern festivals, and cultural performances to express love for the country and the king.

Chapter 3 餐廳預約
Restaurant reservation การจองร้านอาหาร

1 常用詞彙 Vocabulary คำศัพท์

MP3 3-1

	泰文 Thai	拼音 Pinyin	中文 Chinese	英文 English
1	การจอง	ka:n1 jor:ng1	預定	*reservation*
2	เมนู	me:1 nu:1	菜單	*menu*
3	เอากลับบ้าน	ao1 klap2 ba:n3	外帶	*takeaway*
4	กินที่นี่	kin1 thi:3 ni:3	內用	*eat here*
5	อาหารจานแรก	a:1 ha:n5 ja:n1 rae:k3	開胃菜	*appetiser*
6	อาหารจานหลัก	a:1 ha:n5 ja:n1 lak2	主餐	*main course*
7	เครื่องดื่ม	khrue:ang3 due:m2	飲料	*drink*

40

	泰文 Thai	拼音 Pinyin	中文 Chinese	英文 English
8	ขนมหวาน	kha2 nom5 wa:n5	甜點	dessert
9	เมนูพิเศษ	me:1 nu:1 phi4 se:t2	主廚特餐	Chef's special
10	เมนูแนะนำ	me:1 nu:1 nae4 nam1	推薦料理	Recommended dishes
11	กับข้าว	kap2 kha:o3	配菜	side dish
12	ติ๊ป	tip2	小費	Tip
13	มังสวิรัติ	mang1 sa:2 wi4 rat4	蔬食	vegetarian
14	ภาษี	pha:1 si:5	稅	tax
15	เงินสด	nger:n1 sot2	現金	Cash
16	สแกนจ่าย	sa2 kae:n1 ja:i2	掃碼支付	pay scan

41

2 泰式美食 Thai food อาหารไทย

MP3 3-2

泰文 Thai	拼音 Pinyin	中文 Chinese	英文 English
1 ยำส้มโอ	yam1 som3 o:1	涼拌柚子	Pomelo Salad
2 ยำปลาดุกฟู	yam1 pla:1 tuk2 fu:1	涼拌脆魚	Crispy Catfish Salad
3 ลาบไก่	la:p3 kai2	東北涼拌雞肉	Spicy Chicken Salad
4 กระทงทอด	kra2 thong1 thor:t3	開胃脆皮花	Fried Krathong
5 ไข่ลูกเขย	kai2 lu:k3 kher:i1	女婿蛋	Fried Boiled Egg with Tamarind Sauce
6 ปอเปี๊ยะสด	por:1 pi:a4 sot2	春捲	Spring Rolls
7 แกงเผ็ดเป็ด	kae:ng1 phet2 pet2	紅咖哩鴨	Red Curry Duck
8 แกงป่าเนื้อ	kae:ng1 pa:2 nue:a4	泰式野生咖哩牛肉	Jungle Curry Beef
9 แกงคั่วกุ้ง	kae:ng1 khu:a3 kung3	泰式乾咖哩蝦	Dry Curry Shrimp

	泰文 Thai	拼音 Pinyin	中文 Chinese	英文 English
10	ข้าวหมูทอด	kha:o3 mu:5 thor:t3	炸豬飯	Fried Pork with Rice
11	หมี่กรอบ	mi:2 kror:p2	脆米粉	Crispy Noodles
12	กะเพราทะเล	ka2 phrao1 tha4 le:1	打拋海鮮	Stir-Fried Seafood with Basil
13	หมูกระทะ	mu:5 kra2 tha4	泰式火鍋烤肉	Thai barbecue
14	ขนมบ้าบิ่น	kha2 nom5 ba:3 bin2	椰絲餅	Thai coconut pancake
15	ขนมปังปิ้ง	kha2 nom5 bang1 bing3	烤吐司	Grilled Toast
16	ขนมหม้อแกง	kha2 nom5 mor:3 kae:ng1	泰式椰漿糕	Coconut Custard
17	ทับทิมกรอบ	thap4 thim1 kror:p2	紅寶石甜湯	Crispy Ruby
18	น้ำเปล่า	nam4 plao2	純水	Bottled Water

43

3 常用句子 Sentences ประโยค

MP3 3-3

1. **ฉัน อยาก ทำ การจอง หน่อย ค่ะ**

   chan5 ya:k2 tham1 ka:n1 jor:ng1 nor:i2 kha3

   你好，我想要訂位。
   I would like to make a reservation, please.

2. **มี ห้องส่วนตัว หรือไม่**

   mi:1 hor:ng3 su:an2 tu:a1 rue:5 mai3

   有私人包廂嗎？
   Are there private rooms?

3. **ผม อยาก จอง 10 ที่นั่ง ใน วันพรุ่งนี้ ตอน ๗ โมง**

   phom5 ya:k2 jor:ng1 sip2 thi:3 nang3 nai1 wan1 phrung3 ni:4 tor:n1 jet2 mo:ng1

   我要預訂明天晚上七點，十個位子。
   I would like to make a reservation for ten seats tomorrow at seven o'clock.

4. **คุณ ชื่อ อะไร**

   khun1 chue:3 a2 rai1

   請問您貴姓？
   What is your name?

44

5. **ที่นั่ง ใน คืน พรุ่งนี้ เต็ม แล้ว**

thi:3 nang3 nai1 khue:1 phrung3 ni:4 te:m1 lae:o4

目前明天晚上的位置已經都滿了。
The seats for tomorrow night are already full.

---

6. **คุณ อยาก จอง แพ็คเกจ ราคา เท่าไหร่**

khun1 ya:k2 jor:ng1 phaek4 ke:t2 ra:1 kha:1 thao3 rai2

您要預訂多少價位的套餐呢？
How much price package do you want to book?

---

7. **คุณ ให้ บริการ มังสวิรัติ หรือไม่**

khun1 hai3 bor:1 ri4 ka:n1 mang1 sa2 wi4 rat4 rue:5 mai3

有提供蔬食的料理嗎？
Do you offer vegetarian dishes?

---

8. **เมนูพิเศษ ของ เชฟ วันนี้ คือ อะไร**

me:1 nu:1 phi4 se:t2 khor:ng5 che:p3 wan1 ni:4 khue:1 a2 rai1

今天的廚師特色菜是什麼呢？
What are the chef's specials for today?

45

推薦好食

1. Big mama pizzeria - Italian food restaurant Bangkok
美感與美味兼具的義式特色餐廳

地點｜139 Soi Sukhumvit 21, Soi 1, sub-district, Watthana, Bangkok 10110 Thailand
139 Soi Sukhumvit 21, Soi 1, sub-district, เขตวัฒนา กรุงเทพมหานคร 10110
時間｜週一至週五 11:00-23:00　　交通｜鄰近 BTS Asok 站

2. โคโตะฟุรุอิ Koto Furui
平價樸實、用料實在的日式料理

地點｜264 Sukhumvit 77 On Nut, next to U Delight Condo, Suan Luang, Soi Sukhumvit 81, Suan Luang, Bangkok 10250 Thailand
264 ถนน สุขุมวิท77 ใกล้ คอนโดยูดีไลท์ แขวงอ่อนนุช เขต สวนหลวง กรุงเทพ 10250
時間｜週一至週日 11:00-22:00　　交通｜鄰近 BTS On Nut 站

3. ลิ้มเล่าซา 林老三魚丸粿條
八十年的在地著名魚丸麵店

地點｜Song Wat Rd, Samphanthawong, Bangkok 10100 Thailand
ถ. ทรงวาด แขวงสัมพันธวงศ์ เขตสัมพันธวงศ์ กรุงเทพมหานคร 10100
時間｜週一至週日 15:00-21:00　　交通｜鄰近 MRT Wat Mangkon 站

4. Doi Chaang Coffee

來自泰北阿卡族部落的優質阿里比卡咖啡

地點｜ 668 Sukhumvit Road, Khlong Tan, Khlong Toei, Bangkok 10110 Thailand
668 ถ. สุขุมวิท แขวงคลองตัน เขตคลองเตย กรุงเทพมหานคร 10110
時間｜週一至週日 7:00-18:00　　交通｜鄰近 BTS Phrom Phong 站

5. SHAMBALA Somtam

流連忘返、垂涎三尺的泰式美味

地點｜ 71/1 Phahonyothin Soi 7, Samsen Nai, Phaya Thai, Bangkok 10400 Thailand
71/1 พหลโยธิน ซอย 7 แขวงสามเสนใน เขตพญาไท กรุงเทพมหานคร 10400
時間｜週一至週日 11:00-21:00　　交通｜鄰近 BTS Ari 站

6. Khun Churn

創意多元、健康清爽的泰式蔬食

地點｜ 952 Sukhumvit Road, Phra Khanong, Khlong Toei, Bangkok 10110 Thailand
952 ถ. สุขุมวิท พระโขนง, เขตคลองเตย กรุงเทพมหานคร 10110
時間｜週一至週日 10:00-22:00　　交通｜鄰近 BTS Ekkamai 站

MAMA® 泰國泡麵領導品牌

正宗
道地泰式
風味

MAMA CUP
酸辣蝦味麵
SHRIMP TOM YUM FLAVOUR

調理參考

星級運動補給
UFC椰子水

3度榮獲iTQi風味絕佳獎章
口味獲國際肯定

UFC. Refresh

- 泰國原裝進口
- 100% 椰子水
- 補充水分
- 零脂肪、不添加糖

500mL 份量剛剛好，過癮！

全台7-ELEVEN、各大網路購物平台均有販售

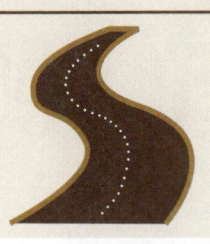

Chapter 4 詢問道路
Asking for directions ถามเรื่องเส้นทาง

1 常用詞彙 Vocabulary คำศัพท์　　MP3 4-1

泰文 Thai	拼音 Pinyin	中文 Chinese	英文 English
1 ตรงไป	trong1 pai1	直走	*go straight*
2 เลี้ยวซ้าย	li:ao4 sa:i4	左轉	*turn left*
3 เลี้ยวขวา	li:ao4 khwa:5	右轉	*turn right*
4 ทางซ้าย	tha:ng1 sa:i4	左邊	*on the left*
5 ทางขวา	tha:ng1 khwa:5	右邊	*on the right*
6 ซอย	sor:i1	巷弄	*alley*
7 ข้ามถนน	kha:m3 tha2 non5	過馬路	*cross the road*

	泰文 Thai	拼音 Pinyin	中文 Chinese	英文 English
8	สี่แยก	si:2 yae:k3	十字路口	*intersection*
9	หัวมุมถนน	hu:a5 mum1 tha2 non5	角落	*corner*
10	ทางเท้า	tha:ng1 thao4	人行道	*footpath/ sidewalk/ pavement*
11	ทางม้าลาย	tha:ng1 ma:4 la:i1	斑馬線	*zebra crossing*
12	สะพาน	sa2 pha:n1	天橋	*bridge*
13	ท่าเรือ	tha:3 rue:1	碼頭	*pier*
14	สนามบิน	sa2 na:m5 bin1	機場	*airport*
15	ป้ายรถเมล์	pa:i3 rot4 me:1	公車站	*bus stop*
16	ไฟเขียว ไฟแดง	fai1 khi:ao5 fai1 dae:ng1	紅綠燈	*traffic light*

2 常用句子 Sentences ประโยค MP3 4-2

1. อยาก ไป โรงแรม ใน ซอย ๘๘ ถนนสุขุมวิท

ya:k2 pai1 ro:ng1 rae:m1 nai1
sor:i1 pae:t2 sip2 pae:t2 tha2 non5 su2 khum5 wit4

我要到素坤逸路 88 巷的飯店。
I'm going to the restaurant on Soi 88, Sukhumvit Road.

2. ขอ กลับ ก่อน นะ ฉัน อยาก กลับไป ที่ ร้านอาหาร เพื่อ เอา มือถือ

khor:5 klap2 kor:n2 na4 chan5 ya:k2 klap2 pai1
thi:3 ra:n4 a:1 ha:n5 phue:a3 ao1 mue:5 thue:5

請先迴轉，我要先回去餐廳拿手機。
Please turn around first, I have to go back to the restaurant to get my phone.

3. คุณ ไป ผิดทาง แล้ว

khun1 pai1 phit4 tha:ng1 lae:o4

你走錯路了。
You've gone the wrong way.

5. แถวนี้ มี สถานี บีทีเอส / ห้องน้ำ ไหม

thae:o4 ni:4 mi:1 sa2 tha:5 ni:5 bi:1 thi:1 e:t2 hor:ng3 nam4 mai5

這附近有捷運站 / 廁所嗎？
Is there a MRT station / toilet near here?

---

6. กรุณา ถึง สี่แยก ให้ เลี้ยวขวา

ka2 ru4 na:1 thueng5 si:2 yae:k3 hai3 li:ao4 khwa:5

請在前面十字路口處右轉。
Please turn right at the intersection ahead.

---

7. ขึ้น มอเตอร์ไซค์ ไป ร้านทำผม ข้างหน้า จะ ได้ เจอ

khuen3 mor:1 ter:1 sai1 pai1 ra:n4 tham1 phom5 kha:ng3 na:3 ja2 dai3 jer:1

你搭摩托車到前面髮廊就會看到。
You will see it when you take a motorcycle to the hair salon in front.

---

8. กรุณา เลี้ยวซ้าย ที่ ถนนสุขุมวิท ซอย 71

ka2 ru4 na:1 li:ao4 sa:i4 thi:3 tha2 non5su2 khum5 wit4 sor:i1 jet2 sip2 et2

請在素坤逸路 71 巷左轉。
Please turn left at Sukhumvit Soi 71.

Chapter 5 美甲體驗

Nail Experience ประสบการณ์ทำเล็บ

1 常用詞彙 Vocabulary คำศัพท์

MP3 5-1

	泰文 Thai	拼音 Pinyin	中文 Chinese	英文 English
1	ทำเล็บ	tham1 lep4	美甲	manicure
2	ช่างทำเล็บ	cha:ng3 tham1 lep4	美甲師	manicurist
3	ร้านทำเล็บ	ra:n4 tham1 lep4	美甲店	nail salon
4	เครื่องอบเล็บ	khrue:ang3 op2 lep4	烘甲機	nail dryer
5	น้ำยาล้างเล็บ	nam4 ya:1 la:ng4 lep4	指甲油去光水	nail polish remover
6	ตัดเล็บ	tat2 lep4	修剪指甲	cut nails
7	ทาสีเจลมือ	tha:1 si:5 je:n1 mue:1	凝膠美甲	hand gel polish
8	ต่อเล็บ	tor:2 lep4	延甲	nail extension

54

	泰文 Thai	拼音 Pinyin	中文 Chinese	英文 English
9	วงล้อสียาทาเล็บ	wong1 lor:4 si:5 ya:1 tha:1 lep4	指甲油色輪	nails polish color wheel
10	เล็บปลายขาว	lep4 pla:i1 kha:o5	法式美甲	french manicure
11	ทาเล็บไล่สีพื้น	tha:1 lep4 sai2 si:5 phue:n3	漸層美甲	nail polish color gradient
12	สติกเกอร์ติดเล็บ	sa2 tik2 ker:1 tit2 lep4	美甲貼紙	nail stickers
13	แคทอาย	khae:t1 a:i1	貓眼	cat eye
14	ล้างสีเจล	la:ng4 si:5 je:n1	去除凝膠顏色	gel color removal
15	ถอดเล็บพีวีซี	thor:t1 lep4 pi:1 wi:1 si:1	PVC 卸甲	PVC nail removal
16	กำจัดขนแขน	kam1 jat2 khon5 khae:n5	手臂除毛	wax arm hair
17	กำจัดขนขา (ทั้งขา)	kam1 jat2 khon5 kha:5 (thang4 kha:5)	全腿熱蠟除毛	wax leg hair (full leg)

55

2 常用句子 Sentences ประโยค

MP3 5-2

1. **การทำเล็บ ใช้ เวลา นาน เท่าไหร่คะ**

   ka:n1 tham1 lep4 chai4 we:1 la:1 na:n1   thao3 rai2 kha4

   做美甲需要多長時間？
   How long does it take to do a manicure?

2. **ฉัน อยาก ทำเล็บมือ / เล็บเท้า / ทั้งสองอย่าง**

   chan5 ya:k2 tham1 lep4 mue:1 / lep4 thao4 / thang4 sor:ng5 ya:ng2

   我想做手部美甲 / 足部美甲 / 兩者。
   I want a manicure / pedicure / both.

3. **ฉัน ต้องการ ทำเล็บเพ้น / เล็บปลอม**

   chan5 tor:ng3 ka:n1   tham1 lep4 phe:n4 /   lep4   plor:m1

   我想做彩繪美甲 / 甲片。
   I want to do painted nails / nails tips.

4. **คุณ ชอบ ทาเล็บสี อะไร**

   khun1   chor:p3 tha:1 lep4 si:5 a2   rai1

   您喜歡什麼顏色的指甲油？
   What color nail polish do you like?

56

5. **คุณ มี สไตล์เล็บ ที่ แนะนำ หรือไม่ คะ**

khun1 mi:1 sa2 tai1 lep4 thi:3   nae4 nam1 rue:5 mai3 kha4

有推薦的美甲款式嗎？
Do you have any recommended nail styles?

---

6. **คุณ ชอบ เล็บทรงเหลี่ยม หรือ กลม คะ**

khun1   chor:p3   lep4   srong1   li:am2   rue:5   klom1   kha4

您喜歡方形還是圓形指甲？
Do you like square or round shape nails?

---

7. **ฉัน อยาก วาด ลวดลาย จาก รูปภาพ**

chan5   ya:k2   wa:t3   lu:at3 la:i1   ja:k2   ru:p3 pha:p3

我想畫照片上的圖案。
I want to draw the pattern from the picture.

---

8. **คุณ มี บริการ ดูแล เล็บ หรือไม่ คะ**

khun1 mi:1 bor:1 ri4 ka:n1 du:1 lae:1 lep4   rue:5 mai3 kha4

有提供美甲護理的服務嗎？
Do you provide nail care services?

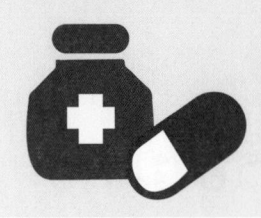

Chapter 6 藥局買藥
Buy medicine ร้านขายยาซื้อยา

1 藥物 Medicine คำศัพท์เกี่ยวกับยา

MP3 6-1

	泰文 Thai	拼音 Pinyin	中文 Chinese	英文 English
1	ยากันยุง	ya:1 kan1 yung1	防蚊液	*mosquito repellent*
2	ครีมการบาดเจ็บ	khri:m1 ka:n1 ba:t2 jep2	外傷藥膏	*trauma ointment*
3	วิตามิน	wi4 ta:1 min1	維他命	*vitamin*
4	ยาแก้เมารถ	ya:1 kae:3 mao1 rot4	暈車藥	*motion sickness tablets*
5	ยาแก้ปวด	ya:1 kae:3 pu:at2	止痛藥	*painkiller*
6	ยาแก้หวัด	ya:1 kae:3 wat2	感冒藥	*cold medicine*
7	ยาแก้ท้องร่วง	ya:1 kae:3 thor:ng4 ru:ang3	止瀉藥	*diarrhea tablets*

58

	泰文 Thai	拼音 Pinyin	中文 Chinese	英文 English
8	ยาแก้ไอ	ya:1 kae:3 ai1	咳嗽藥	cough medicine
9	ยาแก้ปวดท้อง	ya:1 kae:3 pu:at2 thor:ng4	胃痛藥	stomach pain medicine
10	ยาลดไข้	ya:1 lot4 khai3	退燒藥	fever reducer

2 工具 Tool เครื่องมือ

MP3 6-2

	泰文 Thai	拼音 Pinyin	中文 Chinese	英文 English
1	ถุงประคบเย็น	thung5 pra2 khop4 yen1	冰袋	ice pack
2	ชุดปฐมพยาบาล	chut4 pa2 thom5 pha4 ya:1 ba:n1	急救箱	first aid kit
3	ผ้ากอช	pha:3 kor:t2	紗布	gauze
4	พลาสเตอร์ยา	phla:t2 ter:1 ya:1	OK蹦	band aid
5	สำลี	sam5 li:1	棉花棒	cotton swabs
6	น้ำเกลือ	nam4 klue:a1	食鹽水	salt water

59

3 症狀 Symptom อาการ

MP3 6-3

泰文 Thai	拼音 Pinyin	中文 Chinese	英文 English
1 หกล้ม	hok2 lom4	跌倒	*fell down*
2 โรคลมแดด	ror:k3 lom1dae:t2	中暑	*heatstroke*
3 รอยช้ำ	ror:i1 cham4	瘀傷	*bruise*
4 เวียนหัว	wi:an1 hu:a5	頭暈	*dizziness*
5 ปวดหัว	pu:at2 hu:a5	頭痛	*headache*
6 ปวดหลัง	pu:at2 lang5	背痛	*backache*
7 ท้องเสีย	thor:ng4 si:a5	腹瀉	*diarrhea*
8 อาเจียน	a:1 ji:an1	嘔吐	*vomit*
9 ผื่น	phue:n2	紅疹	*rash*
10 โรคภูมิแพ้	ror:k3 phu:m1 phae:3	過敏	*allergy*

4 常用句子 Sentences ประโยค

1. **ผม รู้สึก ไม่สบาย / คลื่นไส้ ครับ**

   phom5 ru:4 suek2 mai3 sa2 ba:i1 / khlue:n2 sai3 khrap4

   我感覺不舒服 / 噁心。
   I'm feel sick / nausea.

2. **แถวนี้ มี ร้านขายยา ไหม**

   thae:o5 ni:4 mi:1 ra:n4 kha:i5 ya:1 mai5

   這附近有藥局嗎？
   Is there a pharmacy around here?

3. **ฉัน มี น้ำมูกไหล และ ไอ หนัก มาก**

   chan5 mi:1 nam4 mu:k3 lai5 lae4 ai1 nak2 ma:k3

   我有流鼻涕和很嚴重的咳嗽。
   I have a runny nose and a very heavy cough.

4. **ขอ ถุงอาเจียน / ยาดม หน่อย**

   khor:5 thung5 a:1 ji:an1 ya:1 dom1 nor:i2

   請給我嘔吐袋 / 鼻通。
   please give me the barf bag / inhaler.

紅棗食府

　　「紅棗食府」是以紅棗為主題的餐廳，以輕食的概念料理出養生風味餐，讓男女老少讚不絕口。紅棗食府的復古式的空間設計內涵著濃濃的藝文風，讓遠道而來的您能品味休閒、雅致、浪漫的鄉村生活。

　　紅棗食府的菜餚系以紅棗食膳為主，本店經典紅棗養生四要【棗點名、棗茶喝、棗飯吃、棗之道】及紅棗八饌【川七找山羊、找到金瓜園、見雞醉在田、取珠入紅棗、牛見義氣生、瞎搞找淮山、淮山養生去、氣吞肚中藏】來到苗栗一定要到紅棗食府品嚐看看，一探究竟，不然就等於沒到過苗栗。

　　紅棗在中國的食膳已有幾千年的歲月，然紅棗食府內有五大名廚，各個手藝不凡，可說累積了百年功力，故說【千年歲月百年味】是紅棗食府的最佳寫照。

【營業項目】
　泡茶品茗、美食嚐鮮、蔬果摘採
　農業生產參觀體驗、農產品展售

【臉書 Facebook 連結】

【地址】苗栗縣公館鄉福基村3鄰45號
【電話】037-224688

財團法人觀音根滿慈善事業基金會

觀音根滿慈善基金會以成為「公益服務業」的典範為目標，將公益關懷的核心價值，幫助更多有需要的人，實踐母親對台灣這片土地的長期關懷與承諾。藉由各位老和尚、師父、董事、顧問的力量走到第一線，除捐款之外，還實際投入時間與心力，透過各位親眼所見、親力所為，我們更能掌握需求、做更多善事。

創辦人林春燕女士一生非常節儉，將父母遺留下來的資產奉獻於成立基金會，「觀音」代表林創辦人對佛教的虔誠，「根滿」則是分別以父母親姓名尾字命名而成，期盼透過基金會的成立延續父母親的愛並回饋社會。

台北本會	103 台北市大同區重慶北路三段 240 號
桃園地址	324 桃園市平鎮區平鎮南勢郵局 13 號信箱
電話	03-439-1713
傳真	03-439-1755

官方網站

臉書網站